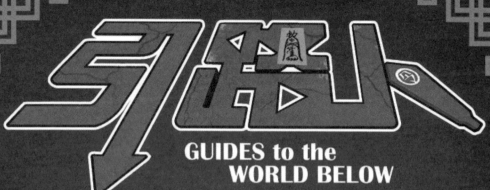

GUIDES to the WORLD BELOW

1

漫畫—　—編劇—
羅寶　╳　桑原

Contents

引路人

第一條路

陽世登出

是周聖于，今年 19 歲，

是一個普通到不行
的平凡人。

不……

正確來說……

是「不重要」的人。

Myles Kao · Timmy Wang 和其他 22 人

👍 讚　💬 留言　➡ 分享

這樣是三十元

嗯……

至少在發生那件事之前
我都是這樣覺得的。

就是那種……存在感超低，
在或不在都沒關係的邊緣人。

這一生最瘋狂的事，

會在我的人生結束時才開始……

嘩

喔伊一

喔伊一

唎唎

嘩

嘩

唔……

話說……

我好像是被車撞了……

呆看

......

伸

閃邊去！

......！

哎唷～

!!

团仔人無禮貌，七爺大人麥計較！

团仔人無禮貌，七爺大人麥計較……

那我們就先走了，下禮拜見。

聖于啊……

阿嬤問汝哦，

為啥咪汝價尼尬意來拜拜啊？

因為廟裡的玩具才會跟我說話。

喀啦

喀啦

七爺八爺不是玩具，
您是神明餒！

大笑

您攏對汝講啥？
是不是叫汝好好讀書？

矮的都叫我要
孝順阿嬤，

高的比較凶，
常常叫我走開。

哈哈哈，

黑白講！

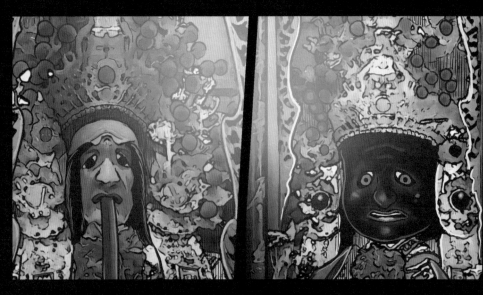

14

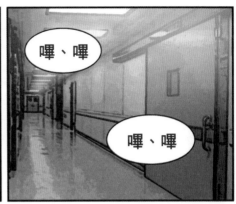

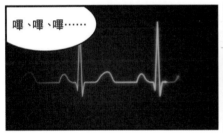

……上午五點十二分，傷患周聖于宣告不治……

嗯……

你叫周聖于是吧？

呃……是的。

17

把這張表格填一填，然後到隔壁的辦公室報到。

喔⋯⋯喔。

不好意思⋯⋯

那個⋯⋯

你沒有什麼要問我的話嗎？

⋯⋯問？

要問什麼？

那⋯⋯

我可以問幾個問題嗎？

嗯，問吧。

我記得我好像
已經死了？

所以這裡……
應該是地獄吧？

唉，又來了。

這裡沒有固定
的名字，

就像你活著的時候
也不會問別人：
「這裡是人間吧？」
一樣。

不過如果你覺得這樣
比較方便的話，你也
可以稱呼這裡叫地獄。

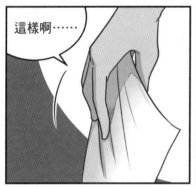
這樣啊……

那……請問你是……？

既然你都知道自己死了，那你猜猜我是誰？

盯

……閻羅王？

笑

白癡啊！

我是城隍！城隍！

啪

坐下

你自己叫我猜的。

好吧……
那……

請問我來這邊以後不用上刀山或下油鍋……之類的嗎?

你有病嗎?
我們哪有時間幹那種事啊!

何況做那些事對我有什麼好處?

那如果不做那些事的話……

我在這邊要幹嘛咧?

你在那邊幹嘛就在這邊幹嘛啊!

打卡上班、睡覺、假日喝個小酒、餓了去巷口買鹽酥雞、找個女朋友在捷運上摸摸……

講不完欸,你不會自己想嗎?

這個人性格好差……

總之,不用對這裡抱著過多的想像。

我們也要生活，你想想看，要是每個人來了都要求要上刀山、下油鍋的，這個社會會變得多混亂？

光是準備那些設施就夠麻煩了，那裡的人簡直就把這邊想成六福村了嘛。

那……

嗜啦

走近

啊，你果然在這！

走吧。

拉

!?

等、等等，

請問你是……

喂，安仔，你要帶他去哪啊？

出任務啊！

有沒有搞錯！

這小子才剛來，什麼都不懂啊。

所以連害怕都不懂，對吧？

……

……

唉，隨便你吧。

謝啦老大。

不好意思……

小子，好久不見啦。

請、請問你是哪位？

閃邊去。

閃邊去!

……啊！

……七、七爺!?

第二條路
無常

……

走在路上無緣
無故被車撞……

原本應該已經死了的我，
好像來到了另一個世界，

但……

這裡跟人間也太像了吧!!

這相似度根本是100%啊!!

不……這不是最讓人意外的!

就算不是長這樣……

最讓人意外的是,以前阿嬤最敬畏的七爺……

也應該是這樣……

叮

蛤?

……

記得沒錯的話……
你叫周聖于對吧？
有什麼綽號嗎？

嗯……我發現我其實不是很想知道，

以後就叫你周好了。

呃，我想想，

以前高中的時候大家都叫我……

那你問屁 !!!

說起來，

來到這裡之後，遇到的淨是一些怪人。

呃…雖然遇到你很有親切感，

不過我們現在要去哪裡？

我剛剛不是已經說了要出任務嗎？

任務？

是要去什麼鄉鎮公所辦手續嗎？

要去抓人。

抓人？

……

人間都怎麼定義我的工作內容？

把壞人的靈魂帶到地府？

這就是等等我們要做的事。

我「們」？
We???

不、不對吧！這跟我有什麼關係啊！

不過小時候想拉你舌頭而已，又沒拉到！

而、而且為什麼選我！

你也太愛記仇了吧！

!!?

嗶

為什麼選你？

別臭美了……
對我來說，

你的價值連這根菸都不如。

要不是矮子堅持要帶著你，我才懶得鳥你這拖油瓶，

現在你最好給我閉上嘴。

是……

拿出

「矮子」大概就是那個人吧……

35

阿嬤，

妳知道嗎……

妳拜錯神了啦！

喀啦

喀啦

喀啦

喀啦

喀啦

喀啦

喀啦

喀啦

喀啦

喀啦

喀啦

38

第三條路

鬼門開

哇！

一陣子不見，

你已經長這麼大了耶～

是、是啊。

記得你小時候來看我們，

那時你比我還矮呢，

還會一直牽我們的手……

真的超、可、愛、的～

……

40

咳咳，
總之……

很歡迎你加入我們
「引路人」的行列！

引路人？

咦？
你不知道嗎？

啪

嘆

·····

出入域管制地帶

出入域管制地帶

雖然搞不太清楚現在是什麼狀況，不過八爺好像比七爺好相處多了⋯⋯

好，

我要緊緊跟著八爺。

不知道為什麼，

有一種
詭異的氣氛。

！？

那條路……

看起來好熟悉……

啊！我來這裡的時候
也有走過那條路！

應該是土地公
帶你來的吧！

那條就是
俗稱的黃泉路，
來靈界的第一站。

當時的確有一位
老先生，他就是
土地公嗎？

是啊～

一般奉公守法的老百姓，死後都是由當地的土地公牽引靈體到各區的城隍處報到。

嘻嘻，就是我們呀，

要是對方生前是窮凶惡極之徒或是拒絕跟著土地公走的話，就交由「引路人」來強制執行。

所以也會有非一般的狀況囉？

也就是說，我們現在要去抓的是窮凶惡極的人……

雖然我很反對暴力，但我的工作就是這樣，

我也跟城隍反應過很多次了，應該有更溫和的辦法可以處理，但——

八爺，那你剛剛說的靈界是什麼啊？

安仔！

你果然什麼都沒跟他講嘛！

那種無聊的小事他以後自己就會知道了啦。

雖然這裡沒有一個正式的稱呼，

不過大多數人習慣叫這裡為「靈界」。

其實地獄也是靈界的一部分啦！

只是地獄通常指的是靈界的監獄，會依照惡行輕重有不同程度的監獄，

像是犯行最嚴重的就是進到最有名的「阿鼻地獄」……

原來不是地獄啊……

……

「認識靈界」上完了嗎？可以走快一點嗎？

是……

不好意思……

……

這、這是……？

鬼門。

有聽過七月半鬼門開嗎？所有的靈體就是通過這扇門去——

喂！

謝必安！

!?

你要我說幾次！

這裡不准抽菸！

鬱壘……門口站久了……

還真的當自己是糾察隊了啊?

你這個混蛋……

鬱壘!別惹事!

你有更重要的工作要做。

……

哈,

還是哥哥成熟。

謝必安,出示火籤,

去做你該做的事。

八爺，他們兩個人是誰？

哼……

他們是看守鬼門的門神，

哥哥叫神荼，弟弟叫鬱壘，

力大無窮，有他們在，沒有靈體能夠越過鬼門到人間。

八爺，請把你的令牌也給我看看。

好的！在這裡……

神荼好像比較喜歡你。

與其說神荼喜歡我……

不如說比起安仔，
全世界的人都比較
喜歡我，

安仔太愛
得罪人了。

認證完成

好了，
過去吧！

！！

準備好回人間了嗎？

嗯。

那走吧！

第四條路
引路人第一守則

怎麼樣？

回到人間有什麼特別的感覺嗎？

除了大家看不見我們之外，老實說……好像沒有，

畢竟靈界和人間太像了。

哈哈哈哈，

我第一次回到人間時也這麼覺得，

因為兩邊的社會幾乎是以一樣的速度在進步嘛。

八爺……

我真的不知道引路人要做什麼，

我在這裡只是扯你們後腿而已。

56

不要緊，

你看我們做一次就會知道了。

到了，

剛好趕上。

這不就是一間普通的熱炒⋯⋯

走吧。

呃……是！

真的出事了……

中彈啦媽的！
叫救護車啊！

這是……
幫派份子？

……?!

王八蛋！在老子的
地盤鬧事……

阿牛！

打電話
給志哥！

……！

你他媽聾了嗎

很遺憾，您跟他們已經是不同世界的人了。

！

希望您能與我們配合，

放下對這個世界的執念……

你他媽是哪根蔥！

跟剛剛開槍那個俗仔是一夥的嗎！

執你媽個頭！

閃

……！！

媽的……

……在前往
下個世界的
路途上，

矮子的廢話
就是這麼多，

直接解決掉
不就好了。

我們絕對會
保護您的人身
安全……

呼……

呼……

呼……

媽的！
沒道理啊……

請放心，若非必要，
我是不會傷害你的。

掏出

……！！

小心！

去死吧！

啥小？

操……

嗒

所以我說嘛，
對付這種人……

！？

就是直接打到他
叫媽媽就好。

車
車
車

喂！等、

等、等等

引路人第一守則：
「把對方打到叫媽媽。」

知道了嗎⋯⋯

⋯⋯

這兩個人是
怪物嗎⋯⋯

喂喂喂！安仔！
我剛剛才說不會
傷害他的！

那是你說的。

抱歉，這次好像沒有機會讓你上場。

不……
沒關係，

你的才能，可是比我們兩個更厲害喔！

……我本來就沒什麼用。

不對。

第五條路
超渡咖啡

您的經典眼球奶茶。

超渡咖啡

……

……

你又點了什麼鬼東西?

幸福

這是經典眼球奶茶,

……

我不是真的在問那是什麼……算了,給我一杯拿鐵。

裡面是珍珠、焦糖、奶油……

好的。

那個……

嗯？

杏子就是這麼認真。

啊！好失禮！忘了問你要喝什麼了！

對不起！你想喝什麼，我上次喝的甜骨頭碎片卡布奇諾超讚的，我幫你點一杯吧！

不、不用了，沒關係！

我是想問……接下來應該沒我的事了吧？

我是不是應該回去城隍那邊辦什麼手續？

眈

安仔應該有跟你說，你以後就是我們引路人的一員了吧。

沒有……

……蛤？

啊對不起有有有！

但……我沒有說我要接下這個身分啊！

小子，你還沒搞清楚狀況？

要不要當可不是你決定的，你以為我們在選風紀股長嗎？

啊啊啊啊啊！！

但我又不會打架！我連格鬥遊戲都不玩耶！

這就是為什麼我希望你可以加入我們。

什麼？

並不是每一次的任務都像今天一樣需要動用武力解決，

引路人唯一要做的事情就是帶著靈體去報到，

但你知道為什麼很多靈體不願意嗎？

因為……

他們想活久一點？

那為什麼想活久一點呢？

這什麼怪問題？

因為他們對人間還有牽掛……

那樣的牽掛可能是憤怒……

可能是不甘心……

但更多時候，

是不捨。

放不下身邊重要的人……

擔心自己離去會給大家造成麻煩……

這樣的不捨讓他們對世間仍然有執念，無法安心跟著我們走，

但其實這些都是很溫柔的心情，所以我們希望帶領他們踏上下一段旅程的，是能夠體會他們這種心情的人。

自己走了以後家人怎麼辦……

因為這樣，我們才會挑上你。

只是沒想到你第一次出任務遇到的就是例外的狀況啦～

哈哈哈，我們真的不太喜歡動用武力的說。

……

您的熱拿鐵。

喔，謝啦。

對、對不起，我覺得我沒辦法……

我能理解，要接手這種工作難免都會緊張啦……

小子，矮子苦口婆心你怎麼還那麼多廢話，不想幹就滾吧。

抱、抱歉。

站起

……周！

這牛奶……？

北海道。

難怪。

安仔！

看不出來嗎？

他心裡還有事
沒做完，

先讓他把他的
事情搞定吧。

第六條路

留戀

這樣的不捨讓他們對世間仍然有執念，無法安心跟著我們走，

但其實這些都是很溫柔的心情，所以我們希望……

帶領他們踏上下一段旅程的，是能夠體會他們這種心情的人……

這種事……我怎麼可能做得到啊……

……用屁股想也知道不願意啊，

想當初我離開人間也很不願意啊。

是啊……

要放下留戀對人類來說一直都不是什麼輕鬆事。

那不是……！

……土地公？

走近

坐下

年輕人想吃
點什麼？

哀嚎炒麵 80

腦漿湯麵 80

齦肉炒青菜 100

乾炒人舌 100

意識大骨麵 150

冥紙包生牛肉 120

靈界的食物到底
是怎樣啊……

找一個看起來最正常的好了……

一碗義式大骨麵。

意識大骨麵

……意識？
是義式吧？

好。

真的沒辦法的話也只能靠引路人了。

雖然的確可以拜託他們，

但還是會希望靈體是自願的。

這都要時間啦，

我剛來的時候也是每天都想著女兒，那時候真的是說有多難熬就有多難熬，

直到之後發現他們都過得很好，也才慢慢放下心來。

是啊…… 過了之後就海闊天空了，

迷茫的時候總是最痛苦的……

你說是吧？這位小哥。

驚

……什、什麼？

我看過成千上萬的人了，

沒有什麼比你的表情更適合詮釋「迷茫」了。

被老傢伙搶先一步，你一來我就注意到了，

年輕人剛來報到的對吧，不太會隱瞞心事啊！

再讓我猜猜，

之所以會坐在我旁邊……是我帶你來靈界的？

點頭

……

怎麼了，不習慣這裡的生活嗎？

沒有……

要怎麼發現他們都過得很好？

誰？

你剛剛說後來發現你的女兒過得很好你才放心，

你怎麼知道？

……我很想我阿嬤，我也想知道她怎麼樣了。

城隍處沒有跟你說明嗎？

!?

走吧。

拉

!?

呃……我想我應該沒有走完城隍處的所有流程……

喂，安仔，你要帶他去哪啊？

怎麼會,城隍一向很謹慎的……

好吧,簡單說,

靈體有很多方式可以回到人間,但一般的靈體比較常採取的方式只有兩種,

第一種是往生後的七天內可以自由進出人間,

第二種就是每年農曆七月。

老闆應該每年中元節都會回去探望家人吧?

當然!

我才剛來報到而已,所以我也可以回去看看嗎?

要怎麼回去?

哈哈……小夥子還真的什麼都不知道啊，

這樣吧，反正我也要去人間，我帶你回去。

真的嗎！那我們出發吧！

別急～

出發前先把肚子填飽吧。

吃飽才有精神回去探望阿嬤啊。

……

謝謝你們……

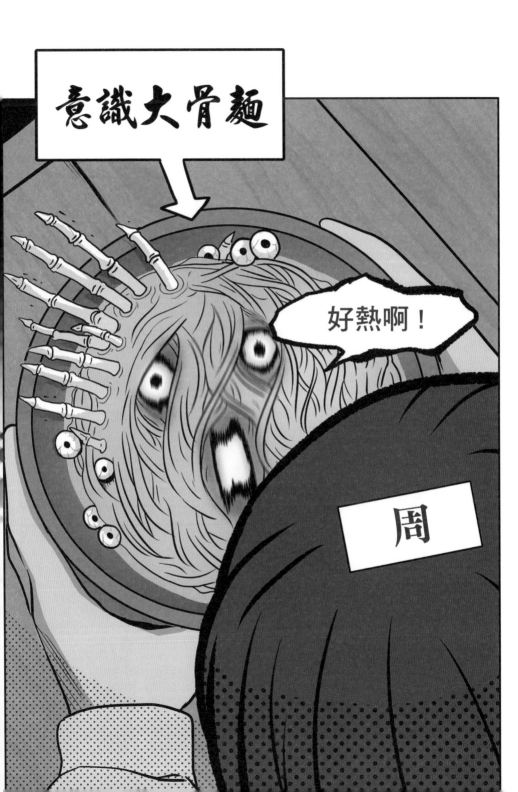

老闆手藝真好，煮成這樣還有意識啊。

好熱……

好……

噁噁噁噁噁啊啊啊噁噁噁啊啊！！！！！

殯儀館
FUNERAL PARLOUR

麻煩你們了。

那就是你阿嬤吧？

看起來一整夜都沒睡，應該都在為你助念吧。

……

土地公……

我可以跟我阿嬤說話嗎？

可能沒辦法直接對她說耶，

要靠其他方式，

你想說什麼？

我也不知道，

嗯，什麼都沒交代就離開了，

不管對活著的人或是告別的人來說都一樣難受。

但……我想跟她說說話。

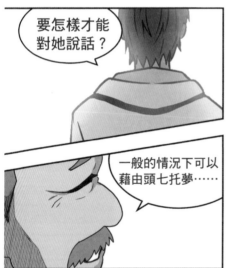

要怎樣才能對她說話？

一般的情況下可以藉由頭七托夢……

此刻你能做的只有陪在她的身旁。

但不一定能成功，也要看對方的體質。

……

묘가ㅅ

……

如果真的是這樣就好了。

家裡的東西都和昨天一樣，好像什麼都沒發生過……

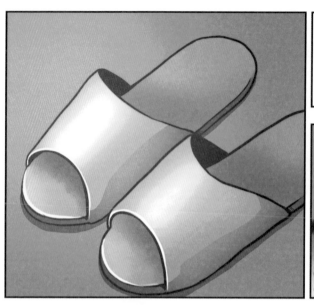

拿起

放回

「說不定你還會回來」
你阿嬤是這麼想的吧。

嗑嚓

你阿嬤也累了，讓她好好休息吧，

我們晚一點再回來。

！？

……阿嬤又要去哪？

我也不知道……

啊……！

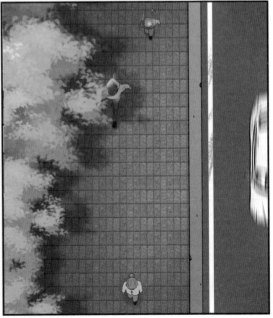

等等我……！

走吧。

喔……喔！

安仔……

真的不去
找周嗎？

我沒有騙你！
他雖然看起來弱
不禁風，但他真
的跟一般人不同。

謝謝光臨。

我跟你說哦，

其實我看過
他的資料，
你還記得……

安仔，你要
去哪啊？

城隍處往這走啊！

你不是說要去
接那小子嗎？

那小子？

還能在哪？

……喔！
你是說周嗎！

你知道
他在哪嗎？

老地方啊。

引路人

第七條路

祈福

汪汪！吼吼嗚嗚吼！

嗚啊啊啊哇～

聖于！

走開！走開！

你有安抓某？秀秀，秀秀！

嗚啊啊啊啊啊～

嗚……嗚嗚嗚……

嗚……

欺負聖于的狗狗跑掉了喔，阿嬤在這裡～

嗚……嗯……

小時候，

阿嬤就是我的全世界。

阿嬤！對對！就是那邊！

有了！有了！

可惡！阿嬤，我們再一次！

可是我們已經玩了很久餒，阿公回來會擔心啦！

我們先回家好不好？

不行啦！我想要那個咖波啦～！

一個人在深夜裡，

投下一枚又一枚的硬幣。

我一直以為，阿嬤就是我的全世界，

直到後來我才知道⋯⋯

對阿嬤來說，

我也是她的全世界。

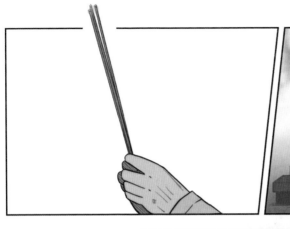

保佑聖于
平安順遂，

好好跟在菩薩的
身邊……

這裡是……？

小時候阿嬤常帶
我來這間廟拜拜。

妳來啦。

廟公……

他看得見
我們嗎？

我都聽說了……

……

有可能，有些廟方
人員的感應比較強。

有什麼我可以幫忙的沒有？

廟公……

你……可以拜託神明，

好好照顧我們家聖于嗎？

好，我一定幫妳講。

我從小把他帶大，

也沒看他有什麼朋友……

現在他一個人去了那個世界，

我就擔心沒有人可以照顧他，他會不會被人欺負……

……

妳放心,他現在已經跟著神明去了。

……你怎麼知道?

他現在就在這裡,

跟在土地公的身邊,

他過得很好。

真的嗎？

不但有土地公陪著他，

感謝上帝公祖、

感謝上帝公祖！

連七爺八爺也在他身旁，

神明都很喜歡聖于。

111

……！？

起身

哈哈，我就知道我們家聖于和七爺八爺有緣，

他從小就最喜歡七爺八爺了。

他小時候還會去拉七爺的舌頭，

幸好我有給七爺陪失禮……

你還記得他小時候有多皮嗎？

……

哈哈，但一說到來拜拜，他就很高興啊。

……

聖于啊，你在這裡嗎？

113

你聽我說，

現在跟在七爺八爺身邊，就要乖乖的，

不可以惹神明生氣，知道嗎？

我要咖波……

這樣阿嬤才會放心。

真奇怪……

一直哭不出來……

怎麼到現在……

你阿嬤是很
堅強的人呢。

引路人……

……什麼？

引路人

第八條路
實習引路人

雖然阿嬤希望我好好跟著你們⋯⋯

但我先說，我真的是個拖油瓶⋯⋯

看得出來。

⋯⋯⋯

這你放心吧！

之所以會選你就是因為你身上有別人沒有的特質。

不過那些都還是後話⋯⋯

你要加入我們必須要先說服一個人。

唉⋯⋯麻煩死了。

台北市政府城隍廳

絕對不行！！

……

太誇張了

太誇張了

來回

跨步

老大，
你放心嘛！每次出任務我們
都會保護好他的

我才不管他的
死活咧！！

我不想當城隍……

你給我恬恬！！

你們到底打算給我丟多少臉！

又來了…

林北整天被天后和千歲當作是笑虧還不夠嗎！

找這種貨色當實習引路人，怎麼不讓他當城隍算了！

老大，他真的很特別啦……

你們這兩個混帳，都幹了快一千年了還不知道引路人的地位嗎？

隨便抓個小毛頭就來實習，你以為我們這裡是 7-11 嗎！

老大……

麥攏講啊！這件事是不可能的，你們給我去找個像樣的來！

……

這樣吧，老大，跟你做個交易。

安仔你不用再說了，讓他做實習引路人我是絕對不可能答應的。

不是實習，

是真正的引路人

你腦子有問題嗎！實習的都不可能了還正式的……

我保證……

在兩年後的引路考，

培養出一個真正的引路人。

你剛剛已經聽到了。

......

你說什麼？

就憑這小子？

這簡單，
如果沒做到，

說得倒是容易，
如果沒做到怎
麼辦？

接下來一百年的合
約，我無條件支援
全台引路工作。

……

老大，這沒什麼好考慮的吧？

不管怎麼看對你來說都划算啊。

喂…安仔…

現在是什麼情況？

噓，等等再跟你講。

你們這兩個混帳……給我聽好，

這小子的事，絕對不准傳出去！

尤其是天后和千歲那邊要是知道，我就要你們好看。

！

安仔，

記得你說過的話，

兩年後你要交給我一個，

「真正」的引路人

呼

OK

台南市政府代天府

有一天，

一個印度人，
一個日本人……

嗯……還是改成
美國人比較好笑？

千歲爺！有一群
危險人物！

我需要引路
人的幫忙！

土地公？

咔拉

「一群」危險人物？

注：全台各地都有土地公，土地公是靈界的一種職位，而非指單一神明。

兩個幫派的小混混發生
械鬥，死了很多人，但……
他們都拒絕跟我走……

還說再管閒事就要
連我一起揍！

唉，現在的年輕人
就是太缺乏幽默感了

脾氣才這麼大。

兩個？

你拿令牌直接去找他們兩個吧。

范王爺出差去了。

放心吧……

他們兩個就綽綽有餘了。

第九條路

修羅場

你要喝什麼？

咖啡。

你咧？

這邊的飲料倒是比較正常。

……啊！我要綠茶，謝謝。

綠翠綠茶

來。

......

所以剛剛是⋯⋯

現在是什麼情況？

小屠⋯

噓，等等再跟你講

喂～～～～

這是什麼意思？

叮

引路考每隔三年會舉辦一次，

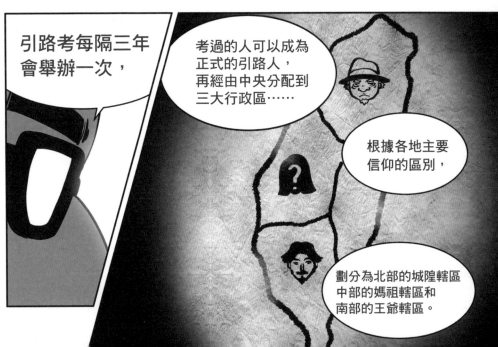

考過的人可以成為正式的引路人，再經由中央分配到三大行政區⋯⋯

根據各地主要信仰的區別，

劃分為北部的城隍轄區中部的媽祖轄區和南部的王爺轄區。

東部的情況比較特別，沒有統一的信仰，所以交由另外三個轄區聯合治理，

當然三個轄區的下面都有各自的引路人，我和七爺只是城隍轄區的引路人而已。

呃、有點複雜，

但如果只是考試的話那我還算拿手。

引路考……

不是你想像中的那種考試……

八百年前，地藏王菩薩體諒我們引路人的工作太吃重，

才開始舉辦這個測驗，原本是一年一次，後來變三年一次，

在兩百年前，終於改成五年一次，太常舉辦也沒有人過，乾脆隔久一點再辦……

沒有人過？

這八百年來，考過的引路人不到十個……

所以引路考又被取了另一個綽號……

「修羅場」

每次考試都有數十萬人報名，但更常見的情況是，一個都沒過，

競爭的激烈，就像當年阿修羅對抗帝釋天一樣……

也因為這樣，所以北中南各區只要考出一個引路人都是不得了的大事。

上一個引路人是在中部出線的，那幾年他們可風光了，

但就算是最近的一次，也是快一百年前的事了。

所以那傢伙聽到我要送他一個引路人才會爽成那樣啊。

你還說！
輸了的話呢？

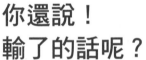

無條件支援全台引路任務？怎麼可能啦！

先不論體力負荷，光是政治算計你就應付不來了，

何況以你的個性，他們怎麼可能配合你？沒除掉你就要謝天謝地了，我都不敢想周沒考上你要怎麼辦？

矮子，我只說要送他一個真正的引路人，

我可沒說是這小子。

什麼？

我收到消息，明年引路考，南部的「小王爺」也會參加，

你覺得我有可能指望這小子嗎？

！？

小王爺！

之前……之前的判決不是終生不得錄用嗎？

誰知道。

好像遲到了⋯⋯

等等⋯⋯！

安仔，你要去哪？

菩薩地。

台南

ㄉ、ㄉ勢啦！

是我們不對！
請、請帶我們走吧！

吳王爺……

你不是說，要來處理
一群危險人物嗎？

嘻嘻，是呀！

土地公是這樣跟我說的呀。

但我想是因為⋯⋯

你比他們更危險吧。

引路人

第十條路
菩薩地

背後靈

還在頭端引路考的事

跟屁蟲

持續頭端引路考的事

你們跟著我
幹嘛！

閃邊去！

……安仔你想
偷偷去菩薩地
逛街嗎？

白癡啊？

我跟人有約。

咦咦咦咦咦！

！！？

約會！？

抱歉，

誤會了。

嗯。

咳～～

無止境煩惱引路考的事

啊！這樣好了！

安仔，

我和周陪你一起去！

啥？

周報到之後就沒有好好逛過靈界吧，

剛好可以帶他去認識一下。

不要，

關我屁事。

哎呀！放心啦！到那邊以後就分頭行動，我們不會妨礙你約會的。

周！

別無精打采了，

我們要去逛街囉！

怎麼回事⋯⋯

這裡叫菩薩地，

是城隍轄區裡
最熱鬧的商圈。

菩薩地？因為有
菩薩住在這裡嗎？

居然住在這麼吵的
地方，真了不起⋯⋯⋯⋯

白癡。

不是啦，是因為構成這個地方的四條主要幹道是用四大菩薩的名字命名的，

地藏路、觀音路、文殊路、普賢路，所以大家都把這裡稱呼為菩薩地。

地藏路

文殊路

菩薩地

觀音路

普賢路

你們繼續校外教學吧，

我去赴約了。

一路順風～

Bye～

那我們現在要幹嘛？

當然是……

逛街啊！

基本上菩薩地這邊什麼東西都有，

連你在人間想都沒想過的東西這裡都有在賣。

不管你是想要買衣服、褲子、鞋子、包包……

或是你是想剪頭髮、

吃美食、

看電影、

聽演唱會……

都可以在
菩薩地搞定，

這裡簡直是
靈界的天堂啊～

好矛盾的形容……

如何？

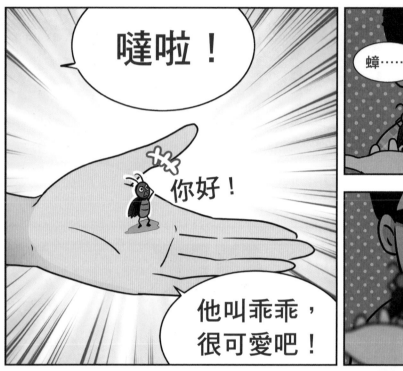

八爺！八爺！

暈倒

咦？不可愛嗎？

原來你在這啊。

啊！七爺！

你來得正好，
剛剛八爺他⋯⋯

不是在跟
你說話。

151

妳東西沒拿。

啊，真的耶！
謝謝～

你、你們認識嗎？

戀、戀情
曝光!!!

她？

也好，

順便介紹一下。

她就是我要交給老大的
「真正」的引路人。

153

第十一條路

自殺者

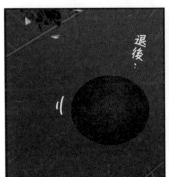

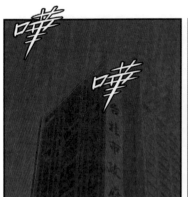

嘩

嘩

喀喀喀喀喀喀

喀喀喀喀喀喀

喀喀喀喀喀喀

出現了，傳說中的
「大黃蜂的飛行」

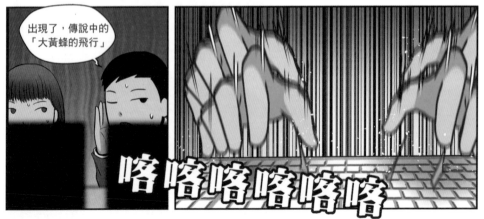

喀喀喀喀喀喀

……這是
什麼情況？

老大煩躁的時候
就會這樣，

越煩躁大黃蜂的
數量越多。

喔喔喔！繁殖了！

混帳啊啊啊啊！

老大，出了
什麼問題嗎？

你看看外面。

……

老大……你該不會
是……忘了帶傘？

白癡！

……又下雨啦？

看來又有一群蠢蛋搶著自殺了。

整間辦公室總算有一個有腦子的人了。

但也沒必要這麼暴躁吧。

普通的自殺潮就算了，人間最近有一個明星也自殺了，

媽的每天都搞得土地公像是在帶旅行團的一樣。

剛好，這案子你們帶那兩個菜鳥去處理一下。

結果案量暴增，根本處理不完！

自殺的 case 都很無聊耶～

你再說一次！

沒、沒有啦，我們現在就出發。

周、官官……我們走吧……

嗒嗒嗒嗒嗒

不要學這個！

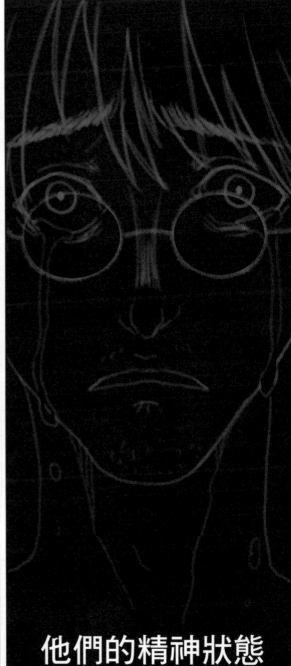

自殺是引路工作中
相對棘手的案件，

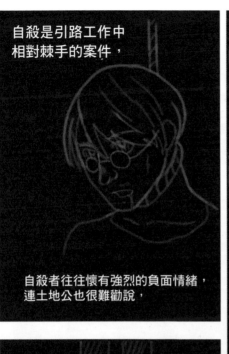

自殺者往往懷有強烈的負面情緒，
連土地公也很難勸說，

雖然一心求死，

但一旦發現死亡並不是解脫，

他們的精神狀態
將徹底崩潰。

呼

啊

為什麼七爺一副無精打采的樣子啊？

自殺案件的靈體通常不會主動攻擊引路人，只是不斷沉浸在自溺情緒中……

沒辦法打架安仔就覺得很無聊吧，

而且你能想像安仔安慰人的樣子嗎？

加油！

哥，引路人來了。

好可怕！

又帶著上次那小子嗎？

上次是因為那小子往生還不到七天才不需要通行證，這次沒有權限誰都不准過去。

放心吧，我不會讓謝必安這樣輕鬆蒙混過去的，

別以為引路人就可以隨隨便便帶一個普通人過鬼門。

你們好，我們想帶他們兩個去人間執行任務。

你、你好……上、上次承蒙你們的照顧……

唷！我是新來的菜鳥官官！請多多指教！

居然又多了一個！

第十二條路

昏厥

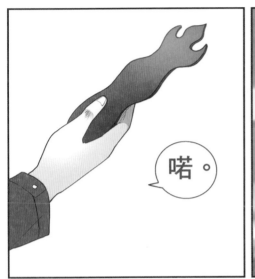

噭。

可以開門了吧。

走了走了

你給我站住！

蛤？又要幹嘛？

八爺，恕我直言，

引路人能帶來路不明的
靈體隨意穿梭陰陽界嗎？
我不記得規章有通融
這種事。

啊！不是這樣的，抱歉抱歉！

你們兩個，趕快把東西交給他們。

知道了。

從今天起，他們兩個就是實習引路人，這是城隍處頒發的臨時通行證。

！？

實習引路人？呵……

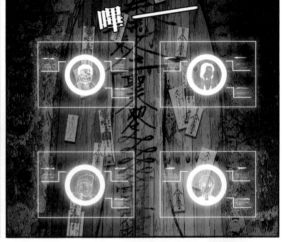
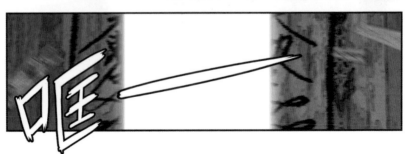

謝謝啊，

麻煩你們囉！

那兩人是實習引路人嗎？

真有意思。

如果不是謝必安和八爺在胡搞瞎搞的話，就是我們看走眼了，

那兩個小子真的有通天的本事。

不管是哪種，都很值得期待後續的發展啊。

嘩

嘩

那是因為安仔你都是從旁人的角度看待自殺吧？

對大家來說，自殺的確是把無法承受的痛苦留給活著的人……

但自殺者自己呢？他們不就是因為無法承受更多的痛苦，才會選擇這條路嗎？

唉，真搞不懂自殺的人在想什麼……

……

你是不是忘了我也是自殺而死的。

還是為了你

真的忘了

我的意思是，既然想死，也死成了，

那就乖乖跟著土地公走啊。

不，這就是
最矛盾的地方。

大部分自殺
的人……

其實都不想死……

希望您放下對人
世間的執念……

……周？

這是哪裡？

頭好痛……

這些人⋯⋯是誰？

我……
什麼……

呃呃啊……

都沒做啊……

喂，你對他
幹了什麼？

引路人

第十三條路
紙飛機

我……什麼……
都沒做……

不關他的事！
安仔，快放了他！

……

唭。

唔……！

不行，這必須要
立刻治療，否則……

官官呢？

？

官官剛剛
還在周身邊……

不公平！
居然自己先睡覺了，
那我也要休息了。

他不是在睡覺！

而且妳哪來的棉被！

安仔，還是
讓我……

官官，這小子
不知道是什麼狀況

總之暈過去了，
處理一下。

喔！原來是
暈過去啊～

南無薄伽伐帝，
鞞殺社，

竇嚕薛琉璃……

這是……

藥師咒！？

183

居然會使用咒術……

這小女孩是
什麼人……

缽喇婆

喝囉闍也…

早安啊！

唔……發生
什麼事……

太好了！
你終於醒了！

小子，你是怎樣？

真愛睡覺耶~

我也不知道……

看到那個大叔突然……

！？

很難過對吧？

……嗯。

沒想到
這麼敏感呢！

太好了！

186

喂！你別在旁邊講一些 AV 男優會講的話，到底是怎麼回事？敏感啥？

把……把任務解決了我再跟你解釋啦……

……

不好意思，

剛剛發生了一點狀況，

就像我之前說的，我們是引路人，是來接您的。

我……不知道什麼引路人……

也哪裡都不想去……

張先生……您是自己結束生命的吧，

可以告訴我原因嗎？

不關你的事……

請你們離開……

等等！

喂，別得了便宜還賣乖啊。

喔喔！第一次看到三昧真火耶！

車車車

自殺的原因……是這個吧？

紙飛機。

紙飛機就完成了！

很簡單吧！

就像這樣……

紙……飛……機！

對對對

紙飛機～

晚餐準備好囉！

哇，今天怎麼吃這麼好。

難得你提早下班，

就做些你喜歡的啊。

琪琪，吃飯囉～

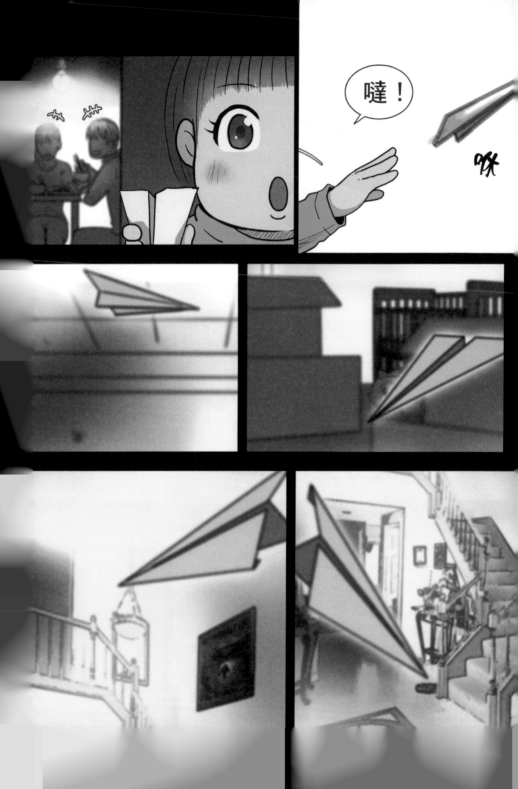

你又要去哪？

引路人

第十四條路

失敗的爸爸

她的治療費用是誰付的？

又是誰辛苦工作讓妳們搬到現在的環境？

妳以為我他媽整天陪她在家裡玩就能玩出錢來？

哇！錢是你出的呀！好了不起唷！

你知不知道你女兒上學第一個禮拜就被同學笑是白癡！

妳還有臉提這件事？老師打來說要去接她的時候，妳在哪？

只有你會工作？好啊！我也去上班啊！琪琪就都不要管啊！

我在工作的時候妳在幹嘛？

我沒空跟妳玩，妳今天就帶琪琪去醫院。

副理要出門賺錢啦！好偉大唷！

我看你到現在連琪琪是什麼病都不知道！

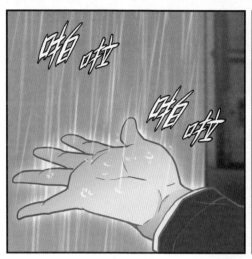

啪啦

啪啦

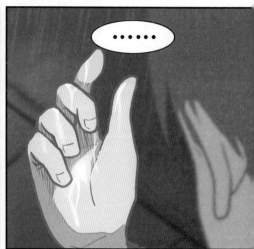

……

你們知道嗎？ 直到死後我才發現一個簡單的道理。

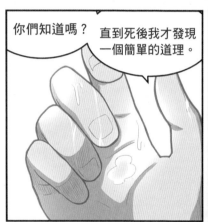

家的大小剛好和家人的快樂成反比

越大的屋子，往往住的人……

……也越少。

妳要去哪？

我媽說帶女兒去她那住吧，

至少還有人可以照顧她。

離婚協議書我會再寄給你。

妳以為妳是誰！

妳憑什麼帶走我女兒！

妳少在那邊廢話！
反正女兒我是不可能——

你女兒，

原來你還知道
她是你女兒啊。

……！

推開

琪琪……？

妳怎麼……

你是最失敗的爸爸。

看到了嗎？連琪琪
都不認識你。回去
做你的工作吧，

你可能是成功的
副理，

但面對現實吧……

……

後來呢？

就像所有鄉土劇
裡演的一樣，

廠關了，頭也都跑了，
那些債務……誰留下來
誰就要負責……

……

你覺得最後
會是誰負責？

老婆女兒？

不重要……

再也沒看過了……

好啦，雖然很可憐，但依照城隍處的命令，我們要把你帶走，

如果不配合我們就必須強制執行，所以希望你聰明一點。

完全沒人性啊!!

雖、雖然是這樣，

不過或許我們還可以幫上一點忙。

你留在陽間是不是因為還有什麼牽掛呢？

牽掛？我也不知道……

我只是覺得……好累……

還是說，在我們離開之前，帶你去你的告別式再看一眼大家？

不用了吧，

反正我是生是死對他們來說都不重要……

……是嗎？

……連女兒都不認識我了，

其他人也沒什麼好看的……

就是因為不好看才叫你去看！

有那個勇氣去死，就要有同樣的勇氣去面對那些還活著的人！

女兒不認識你又怎樣！難道你會不認識她嗎？

她不就是你最大的牽掛，離開前去看她最後一面會怎樣！

你覺得你的生命無關緊要？

那活著的人呢？

你確定他們也是這麼想嗎⋯⋯？

我才不管你跟你老婆怎麼吵的，丟下小孩自己就走了，

連死後都不願意負責任，她過得好不好都跟你無關嗎？

這白癡在激動啥？

……

走吧。

……所以？

我……帶你們去告別式的地點。

引路人

告別式

看吧……人比我
想像得更少。

那就是琪琪吧。

嗯……

陳美玲女士，請就位。

走吧，

去幫妳爸爸上香。

琪琪，要鞠躬喔。

我們把這些燒完就回家吧。

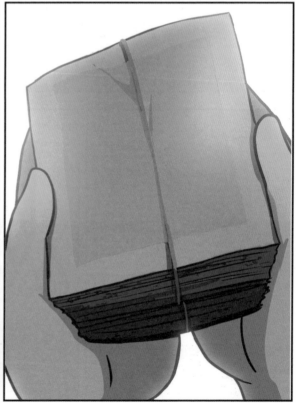

琪琪很可愛，
但也差不多該出發了，

放心吧，你老婆會
好好照顧她的。

……到頭來，

她果然還是
不記得我。

……

不過，還是要
謝謝你，

今天可能是她
人生中最後一次
與我有關聯的時候。

如果我沒有來，

我想我以後去了另一個
世界也會後悔的……

抱歉⋯⋯剛剛太大聲了⋯⋯

其實只是因為我剛經歷過這種事，所以我知道那種心情⋯⋯

⋯⋯

我們出發吧。

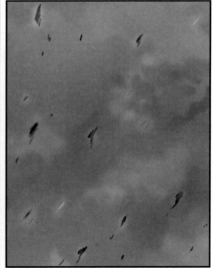

馬麻～妳看！

紙飛機！

!?

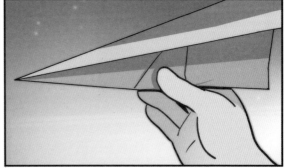

爸爸的紙飛機～

她還記得……

就像這樣……

紙飛機就完成了！

很簡單吧！

嗒！

唰

紙飛機……

她還記得我教她折的
紙飛機……

紙飛機……

爸爸……
紙飛機……

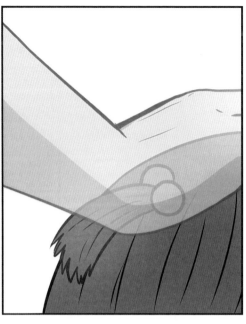

對……紙飛機……

好乖……
琪琪好乖……

因為我不能傷害任何人，
所以我選擇傷害自己。

但現在反而覺得……

活著……

我想結束的只是痛苦……

如果……我還活著
就好了……

而不是生命啊……

這就是最矛盾的地方，

你知道嗎⋯⋯

大部分自殺的人……

其實都不想死……

紙飛機～

引路人

第十六條路
他心通

傷腦筋啊～～～

癱軟～

這是您的龍眼蜜蘇打膽汁。

不好意思。

興奮

興奮

喔喔喔喔喔！這好酷！

我就知道……

怎麼好像慢慢習慣了……

……這樣算順利嗎？

怎麼啦？不是很順利嗎？

你做得很好啊，在傷腦筋什麼？

我昏倒了耶，而且到現在頭都還在痛……

一到現場就昏倒，這是什麼廢物起手式？

對啊，這是怎麼回事？

怎麼可能!? 七爺竟然會關心我！

……果然……

哎呀，我之前不是有說過嗎，之所以會選周，就是因為他有別人沒有的特質啊～

你說貧血嗎？

才不是！

周啊……

有「他心通」唷！

!?

一下子就看到
三昧真火又看到
他心通，真幸運！

他心通？

就是六通的其中一種，
是極為罕見的能力，

用最簡單的說法，
你可以把他心通
想像成是心靈感應，

可以潛入別人的精神
世界裡，讀取對方的
資訊。

注：六通，又稱六神通，佛家用語，指天眼通、天耳通、神足通、他心通、宿命通、漏盡通。

……

不光是這麼具體的東西唷，連抽象的喜怒哀樂都可以感受到，

你是說……星座血型之類的嗎？

說得更粗淺一點，最基礎的他心通，就是一般人所謂的「同理心」啦！

同理心……嗎？

記得，

我還以為那是因為我是靈異體質。

你的體質本來就異於常人，再加上弱小和孤單更讓這項特質被強化。

你還記得小時候來廟裡找我們玩，能聽見我們在對你說話嗎？

我原本也這麼以為，但一直覺得哪裡怪怪的，

每次跟你說話時，我總覺得身體裡似乎多了一股不是我的力量……

後來，我去跟老大調了你的資料來看，才發現我猜得果然沒錯。

所以其實，

不是我們跟你講話，而是你讓我們跟你講話。

就是因為這樣我才暈倒的嗎？

對啊，剛開始使用這種能力，都會給自身帶來非常大的負荷，

要進入他人的內心，不可能沒有代價的。

但也因為擁有他心通的人可以完全理解對方的想法、處境，

所以我才堅持要讓你加入我們，沒有誰比你更適合當引路人了。

該不會…… 我以後每次出任務都會暈倒吧？

不會啦！

等到你能夠熟練這種能力，就能慢慢習慣了！而且六通都只有在訓練之後才能得到最大程度的釋放。

訓練……之後？

訓練之後……

訓練之前，你只能聽到別人的心聲，感受對方的喜怒哀樂，

但訓練之後……

能完全潛入
他人的意識，

甚至改變對方的
想法和價值觀。

喔？

好像很厲害……嗎？

呵呵

怎麼？

覺得太沉重
說不出口嗎？

？

你……比廢物慘多了。

那就由我來說好了，

小子，聽著，我收回我的話，你不是廢物。

等、等等，慘?!
那是什麼意思？

剛剛跟你說的是他心通能做到的事，

但他心通其實是……會帶來不幸的能力，這點你要先瞭解。

……什麼？

但你剛剛不是說，熟練之後就不會再昏倒……

設身處地為別人著想，感同身受他人的處境，絕對不是大家口頭上那麼輕鬆的事……

昏倒反而是比較無害的狀況，

我不想嚇你，但也不想騙你……

他心通的反噬能力非常強，被宿主的情緒感染，繼而徹底崩潰的例子也不少。

大家都希望自己能夠將心比心，但事實上，真的有人想完全體會別人的痛苦嗎？

當那種殘酷在眼前發生，往往會逼得人別過頭去，更別說體會了，但他心通無從選擇……

237

無邊苦難，百轉千迴。

他們只能看盡世間最醜惡的一面，體會所有撕心裂肺的痛苦⋯⋯

生、老、病、死、愛別離、怨憎會、求不得、五蘊熾盛⋯

⋯⋯

您的熱拿鐵。

我⋯⋯

去一下廁所。

真沒想到……這小子居然有求都求不來的神通，

喀啦

喀啦

讓我開始有點同情他了。

還是最慘的那種

現在還很難說，

說不定……

他也能成為老師那樣的六通者。

你覺得有可能嗎？

所以我們才要緊緊跟著他，就算不能像老師那樣……也絕不能讓他誤入魔道。

呵。

一念地獄，
一念菩提啊。

引路人

第十七條路
身世

很多人以為我收他當乾兒子是看他可憐，

那是因為那些人從沒接觸過他……

●REC

子言不是一般的孩子只是普通人的肉眼只看到他奇怪的部分‥

可以跟我們聊聊他的故事嗎？這有助於我們幫他爭取減刑。

那孩子……不太擅長表達，

很多事也是我自己去問去查才知道的……

沒關係，告訴我們妳知道的就好了。

但我聽到的版本是這樣……

嗯……我不能百分之百確定，

1987 年 台南

關聖帝君在上，

請保庇信徒陸可駿此行平安順遂……

妳也知道，
我們這款迫迌人，

不是想收手就
能收的……

但我答應妳，一定會
盡快跟順風大仔講，
到時候我們再一起做
一些正正當當的小生意。

嗯……

飯菜吃完直接幫我放
冰箱吧！我回來再吃。

不要！我要等你
回來一起吃！

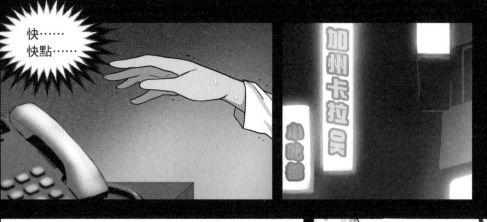

快……
快點……

阿駿！不愧是東
門幫的頭號打手，

跟順風大仔當年一樣能打，
難怪他把你當成愛將。

沒有啦，那是
大仔不棄嫌，

說到這個，我想找個
機會跟大仔談一下未
來的代誌……

夫人在生產過程中因為極罕見的羊水栓塞，導致心肺衰竭及大量失血，

經過全力搶救，孩子已經沒有生命危險……

我們沒辦法救回夫人……

但因為凝血功能異常，

非常抱歉請節哀……

從那天起，阿駿失去了等他回家一起吃飯的人……

這孩子怎麼對聲音這麼敏感？

走近

……

怎麼會……

引路人

第十八條路
節孝祠

等等陪爸爸去買個東西好不好？

謝謝光臨～

大丸五金

全臺首學

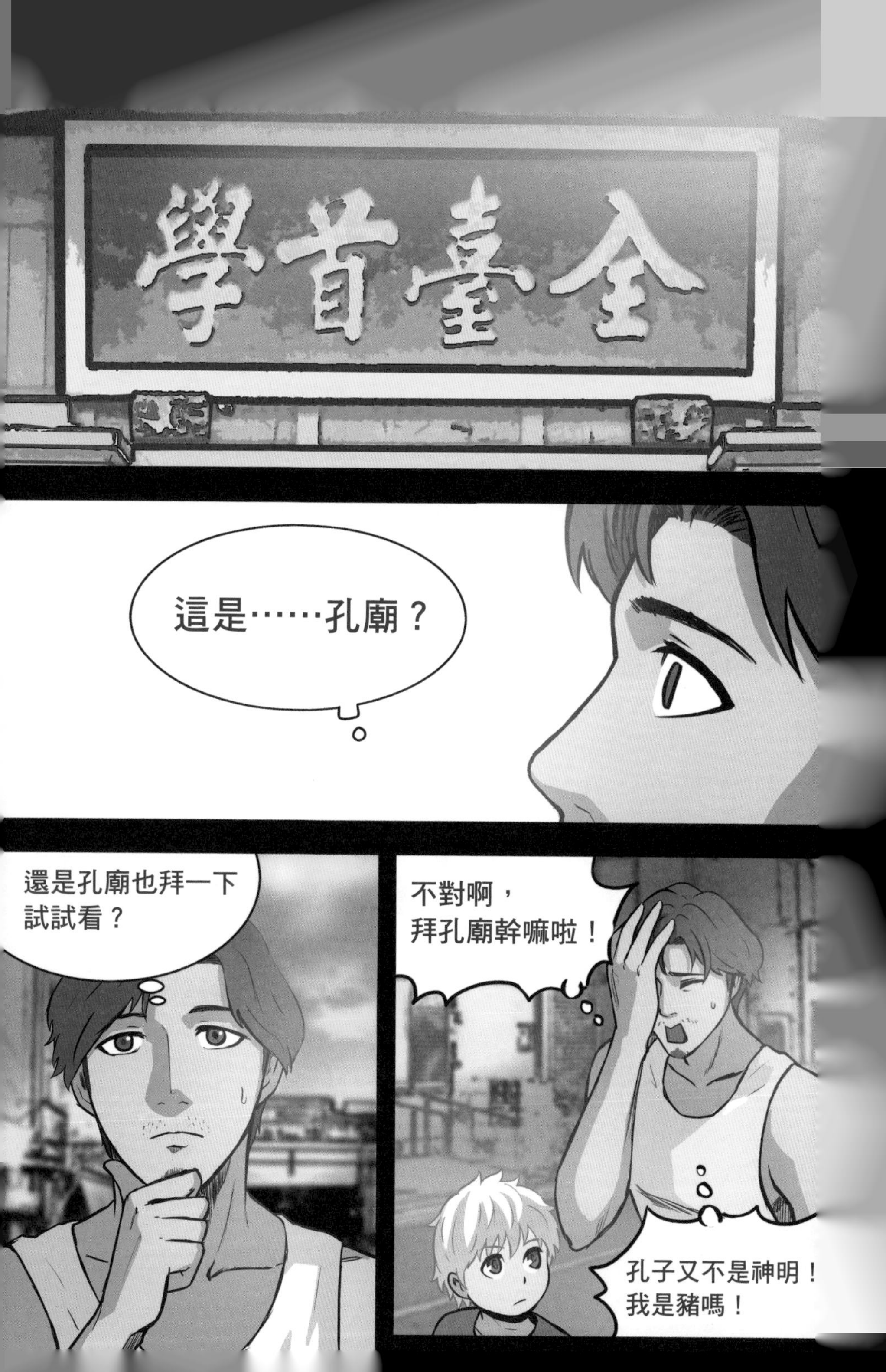

全臺首學
這是……孔廟？
還是孔廟也拜一下
試試看？
不對啊，
拜孔廟幹嘛啦！
孔子又不是神明！
我是豬嗎！

結果還是來了⋯⋯

是說要怎麼稱呼
孔子來著？

算了⋯⋯

孔子爺，請保庇我
兒子陸子言像其他
子一樣⋯⋯

早日開口說話⋯⋯

哈哈哈哈！對！就是這樣！

我們慢慢來，子言很棒唷！爸爸很開心喔！

沒想到孔子爺這麼靈！

那時候沒有人知道，那是子言第一次露出笑容……

卻也是最後一次……

嗯……

那……我們來聊聊他的「那個」能力吧，那是妳教他的吧？

就像我說的，那孩子不太喜歡表達。

一開始，我只是想知道他眼中的世界長什麼樣子，所以才教他……

到兩三年就全部學會了……

妳當初沒有意識到
教他這個有多危險嗎？

⊑REC

子言的本性很善良，

假如不是這樣，我也絕不可能收他當養子。

只是……我從沒見過悟性這麼高的孩子……不……

應該說悟性這麼高的人類……

欽褒節烈邑民人林壽妻陳氏守娘神位

陳守娘。

引路人

第十九條路
復仇

……

子言，你肚子還會餓嗎？回家要坐很久的火車喔。

不會。

阿駿！

總算找到你了，

這幾年你跑哪去了啊？

大仔一直很掛念你

……

他叫我見到你跟你說……

273

我知道了……

但是順風大仔要傳的話
我還是必須跟你講……

他擔心你退出，以前
的仇家會找上你，

如果你還在東門幫，他當然
可以插手，但你這樣……
恐怕連他都保不住你。

不需要。子言，
我們回家。

嗯。

子言，

你先進屋裡。

我只是想安安靜靜過生活，

不能留條活路嗎……

……

……

非常對不起……

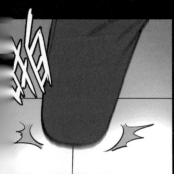

放我們一馬……

拜託你們……

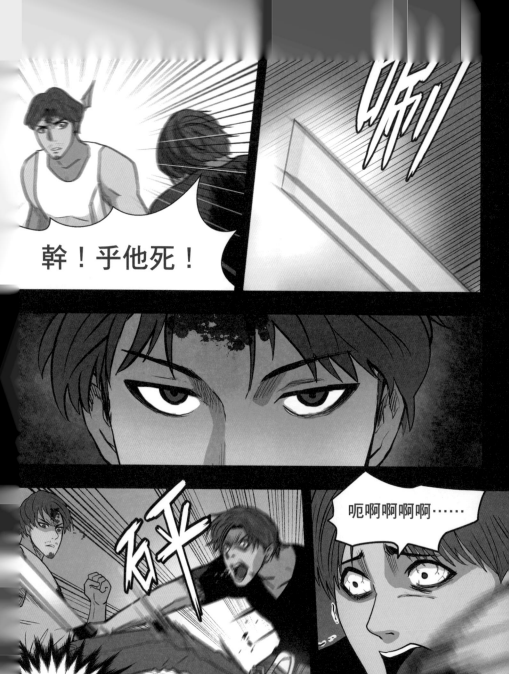

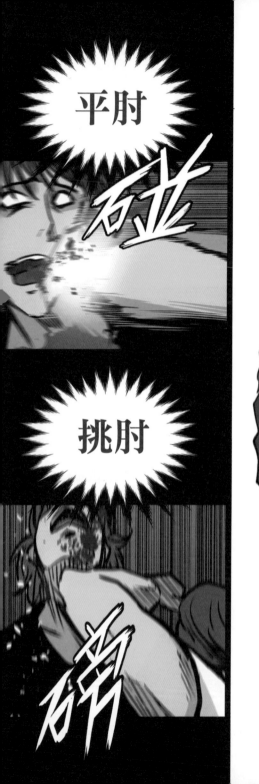

掃腿

啊啊啊啊啊！
幹！我的手！

你說得沒錯，

我真的很能打，但
我不想再惹事了⋯⋯

所以我再
說一次⋯⋯

請放過我和我兒子！

（下集待續）

引路人‧卷一

漫　　　　畫／羅寶
編　　　劇／桑原
企畫選書人／王雪莉
責 任 編 輯／張世國
版權行政暨數位業務專員／陳玉鈴
資深版權專員／許儀盈
行銷企畫主任／陳姿億
業 務 協 理／范光杰
總 編 輯／王雪莉
發 行 人／何飛鵬
法 律 顧 問／元禾法律事務所　王子文律師
出版／奇幻基地出版
　　　城邦文化事業股份有限公司
　　　台北市 115 南港區昆陽街 16 號 4 樓
　　　電話：(02)25007008　傳眞：(02)25027676
　　　網址：www.ffoundation.com.tw
　　　e-mail：ffoundation@cite.com.tw
發行／英屬蓋曼群島商家庭傳媒股份有限公司城邦分公司
　　　台北市 115 南港區昆陽街 16 號 8 樓
　　　書虫客服服務專線：(02)25007718‧(02)25007719
　　　24 小時傳眞服務：(02)25170999‧(02)25001991
　　　服務時間：週一至週五 09:30-12:00‧13:30-17:00
　　　郵撥帳號：19863813　　戶名：書虫股份有限公司
　　　讀者服務信箱 e-mail：service@readingclub.com.tw
　　　歡迎光臨城邦讀書花園　網址：www.cite.com.tw
香港發行所／城邦（香港）出版集團有限公司
　　　香港九龍九龍城土瓜灣道 86 號順聯工業大廈 6 樓 A 室
　　　電話：(852) 2508-6231　傳眞：(852) 2578-9337
　　　e-mail：hkcite@biznetvigator.com
馬新發行所／城邦（馬新）出版集團
　　　【Cite(M)Sdn Bhd】
　　　41, Jalan Radin Anum, Bandar Baru Sri Petaling,
　　　57000 Kuala Lumpur, Malaysia.
　　　Tel: (603) 90563833　Fax:(603) 90576622

封面設計／寬寬
排　　　版／芯澤有限公司
印　　　刷／高典印刷有限公司
■ 2024 年 4 月 30 日初版

ISBN 978-626-7436-10-3

售價／399 元

城邦讀書花園
www.cite.com.tw

115 台北市南港區昆陽街 16 號 8 樓

英屬蓋曼群島商家庭傳媒股份有限公司城邦分公司 收

- -

請沿虛線對摺，謝謝

每個人都有一本奇幻文學的啓蒙書

奇幻基地粉絲團：http://www.facebook.com/ffoundation

書號：**1HI128**　　　書名：引路人・卷一

｜奇幻基地‧2024山德森之年回函活動｜

好禮雙重送！入手奇幻大神布蘭登‧山德森新書可獲2024限量燙金藏書票！
集滿回函點數或購書證明寄回即抽山神祕密好禮、Dragonsteel龍鋼萬元官方商品！

【2024山德森之年計畫啟動！】購買2024年布蘭登‧山德森新書《白沙》、《祕密計畫》系列（共七本），各單書隨書附贈限量燙金「山德森之年」藏書票一張！購買奇幻基地作品（不限年份）**五本以上**，即可獲得限量隱藏版「山德森之年」燙金藏書票；購買十本以上還可抽總值萬元進口龍鋼公司官方商品！

好禮雙重送！「山德森之年」限量燙金隱藏版藏書票＆抽萬元龍鋼官方商品

活動時間： 2024年1月1日起至2024年10月30日前（以郵戳為憑）
抽獎日： 2024年11月15日。
參加辦法與集點兌換說明： 2024年度購買奇幻基地任一紙書作品（**不限出版年份，限2024年購入**），於活動期間將回函卡右下角點數寄回奇幻基地，或於指定連結上傳2024年購買作品之紙本發票照片／載具證明／雲端發票／網路書店購買明細（以上擇一，前述證明需顯示購買時間，連結請見奇幻基地粉專公告），寄回五點或五份證明可獲限量隱藏版「山德森之年」燙金藏書票，寄回十點或十份證明可抽總值萬元進口龍鋼公司官方商品！

活動獎項說明

■ **山神祕密耶誕好禮 +「寰宇粉絲組」（共2個名額）**

布蘭登的奇幻宇宙正在如火如荼地擴張中。趕快找到離您最近的垂裂點，和我們一起躍界旅行吧！
組合內含：1. 躍界者洗漱包 2. 躍界者行李吊牌 3. 寰宇世界明信片 4. 寰宇角色克里絲別針。

■ **山神祕密耶誕好禮 +「天防者粉絲組」（共2個名額）**

衝入天際，邀遊星辰，撼動宇宙！飛上天際，摘下那些星星！組合內含：1. 天防者飛船模型 2. 毀滅蛞蝓矽膠模具 3. 毀滅蛞蝓撲克牌 4. 寰宇角色史特芮絲別針。

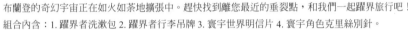

特別說明

1. 活動限台澎金馬。本活動有不可抗力原因無法執行時，主辦單位有權決定取消、中止、修改或暫停本活動。
2. 請以正楷書寫回函卡資料，若字跡潦草無法辨識，視同棄權。
3. 活動中獎人需依集團規定簽屬領取獎項相關文件、提供個人資料以利財會申報作業，開獎後將再發信請得獎者填妥資訊。若中獎人未於時間內提供資料，主辦單位有權取消得獎資格。
4. **本活動限定購買紙書參與，懇請多多支持。**

個人資料：

姓名：＿＿＿＿＿＿　性別：＿＿＿＿　年齡：＿＿＿＿　職業：＿＿＿＿＿　電話：＿＿＿＿＿＿

地址：＿＿＿＿＿＿＿＿＿＿＿＿＿＿＿＿　Email：＿＿＿＿＿＿＿＿＿＿　□ 訂閱奇幻基地電子報

想對奇幻基地說的話或是建議：＿＿＿＿＿＿＿＿＿＿＿＿＿＿＿＿＿＿＿＿＿＿＿＿＿

引論